AF177773

Tucholsky Wagner Zola Scott Sydow Freud Schlegel
Turgenev Fonatne
Wallace
Twain Walther von der Vogelweide Fouqué Friedrich II. von Preußen
Weber Freiligrath Frey
Fechner Fichte Weiße Rose von Fallersleben Kant Ernst Frommel
Richthofen
Hölderlin
Engels Fielding Eichendorff Tacitus Dumas
Fehrs Faber Flaubert Eliasberg Ebner Eschenbach
Feuerbach Maximilian I. von Habsburg Fock Zweig
Ewald Eliot Vergil
Goethe Elisabeth von Österreich London
Mendelssohn Balzac Shakespeare Rathenau Dostojewski Ganghofer
Trackl Lichtenberg Doyle Gjellerup
Mommsen Stevenson Tolstoi Lenz Hambruch Droste-Hülshoff
Thoma Hanrieder
Dach Verne von Arnim Hägele Hauff Humboldt
Karrillon Reuter Rousseau Hagen Hauptmann Gautier
Garschin
Damaschke Defoe Hebbel Baudelaire
Descartes
Hegel Kussmaul Herder
Wolfram von Eschenbach Dickens Schopenhauer Rilke George
Bronner Darwin Melville Grimm Jerome
Campe Horváth Aristoteles Bebel Proust
Bismarck Vigny Voltaire Federer Herodot
Gengenbach Barlach Heine
Storm Casanova Tersteegen Grillparzer Georgy
Chamberlain Lessing Langbein Gilm Gryphius
Brentano Lafontaine
Strachwitz Claudius Schiller Kralik Iffland Sokrates
Katharina II. von Rußland Bellamy Schilling
Gerstäcker Raabe Gibbon Tschechow
Löns Hesse Hoffmann Gogol Wilde Vulpius
Luther Heym Hofmannsthal Gleim
Klee Hölty Morgenstern Goedicke
Roth Heyse Klopstock Kleist
Luxemburg Puschkin Homer Mörike Musil
Machiavelli La Roche Horaz
Navarra Aurel Musset Kierkegaard Kraft Kraus
Lamprecht Kind Kirchhoff Hugo Moltke
Nestroy Marie de France
Laotse Ipsen Liebknecht
Nietzsche Nansen Ringelnatz
Marx Lassalle Gorki Klett Leibniz
von Ossietzky May Irving
vom Stein Lawrence
Petalozzi Knigge
Platon Pückler Michelangelo Kafka
Sachs Poe Kock
de Sade Praetorius Liebermann Korolenko
Mistral Zetkin

Der Verlag tredition aus Hamburg veröffentlicht in der Reihe **TREDITION CLASSICS** Werke aus mehr als zwei Jahrtausenden. Diese waren zu einem Großteil vergriffen oder nur noch antiquarisch erhältlich.

Symbolfigur für **TREDITION CLASSICS** ist Johannes Gutenberg (1400 — 1468), der Erfinder des Buchdrucks mit Metalllettern und der Druckerpresse.

Mit der Buchreihe **TREDITION CLASSICS** verfolgt tredition das Ziel, tausende Klassiker der Weltliteratur verschiedener Sprachen wieder als gedruckte Bücher aufzulegen – und das weltweit!

Die Buchreihe dient zur Bewahrung der Literatur und Förderung der Kultur. Sie trägt so dazu bei, dass viele tausend Werke nicht in Vergessenheit geraten.

Erzählungen, Lieder und Sprüche aus dem »Allerley«

Ludwig Aurbacher

Impressum

Autor: Ludwig Aurbacher
Umschlagkonzept: toepferschumann, Berlin

Verlag: tradition GmbH, Hamburg
ISBN: 978-3-8472-7058-4
Printed in Germany

Ziel der TREDITION CLASSICS ist es, tausende deutsch- und
fremdsprachige Klassiker wieder in Buchform verfügbar zu
machen. Die Werke wurden eingescannt und digitalisiert. Dadurch
können etwaige Fehler nicht komplett ausgeschlossen werden.
Unsere Kooperationspartner und wir von tredition versuchen, die
Werke bestmöglich zu bearbeiten. Sollten Sie trotzdem einen Fehler
finden, bitten wir diesen zu entschuldigen. Die Rechtschreibung der
Originalausgabe wurde unverändert übernommen. Daher können
sich hinsichtlich der Schreibweise Widersprüche zu der heutigen
Rechtschreibung ergeben.

Erzählungen, Lieder und Sprüche aus dem »Allerley«.

Ludwig Aurbacher.

Als einem braven Manne vermeldet wurde, daß etliche Menschen viel Böses von ihm sagten, antwortete er: Es ist besser, daß sie es sagen und lügen, als daß ich es thue. – Derselbe wünschte, daß ihn seine Verleumder so lang müßten auf dem Rücken tragen, als sie ihn auf der Zunge von Haus zu Haus herumgetragen; sie würden dann des Verleumdens bald müde werden. – Einer vermahnte denselben wackern Mann, daß er sich an seinen Verleumdern rächen sollte; dem antwortete er: Die Ehre sollen sie nicht haben, daß ich Ehre bei ihnen suchen sollte, die sie selbst nicht haben, und ich die meine nicht verloren. – Als ihm die Lästerung seines ärgsten Feindes zu Ohren gekommen, sagte er: Ich will Gott für ihn bitten, daß er fortan nichts als Gutes von mir und andern guten Leuten rede. – Und von den Nachreden und Verleumdungen, die ihm widerfahren, sagte er: Wenn der Mensch sonsten rein und unschuldig ist, so liegt nichts dran, wenn schon sein Mantel besudelt wird; man reibt es aus, oder wann es trocken wird, geht es selber wieder aus; so bleibt der Mann, der er ist, der Mantel, der er ist.

Einer bat einen um Almosen. Der andere sagte: Was soll ich dir geben? Darauf der erstere: Was in deinem Vermögen ist. Der andere: Das ist zu viel; was hätte ich dann? – Merk: Wer nicht gern giebt, der versteht auch ein Ding nicht gern, und findet allzeit eine Entschuldigung. Gleichwie jene geizige Frau sagte: Sie wollte den Armen gern Gutes thun; allein sie könnte das nicht über ihr Herz bringen. –

Einer sprach einen andern um was Geld an, zu lehnen. Der andere gab ihm böse Worte. Da sprach jener: Ich bedurfte eures Geldes, und nicht eurer bösen Rede; wollt ihr mir nicht helfen, so behaltet beides zusammen. Merk: Etwas von einem zu begehren, stehet jedem frei, und dasselbige abzuschlagen, stehet auch frei; allein böse Worte muß man sparen.

Der gemeine Mann ist sich selbst ein guter Prediger. Das beweisen die *Sprichwörter*, die wohl nicht auf Schul- und Kirchenkanzeln, sondern auf Feldern und in Wäldern gewachsen sind. Viele Worte enthalten diese Sprüche nicht, aber viel Sinn; und wenn manche auch einen groben Ausdruck haben, so haben sie doch gute Meinung. Darum sind selbst gelehrte Leute zum gemeinen Mann in die Schule gegangen und haben von ihm gelernt. Es giebt ganze Büchersammlungen von solchen Sprichwörtern, ältere und neuere; und das ist gut, damit diese ausgestreuten Weizenkörner nicht verloren gehen, sondern Früchte tragen für alle Zeiten. – In diesem Buche wirst du viele bekannte antreffen, lieber Leser, aber auch viele unbekannte; jene nimm auf, wie einen guten Freund, dem man immer gern begegnet; und diese, wie einen fremden Gast, von dem man Neues und Gutes lernen kann.

So lehren die Sprichwörter z. B. vom Gewissen: 1) daß es *untrüglich* sei: das Gewissen ist des Menschen Gott – das Gewissen ist ein lebendiger Zeuge im Herzen. 2) Daß es *warne* und *richte:* das Gewissen ist ein guter Haushund, der die Diebe (die Sünden) wacker anbellt – das Gewissen ist des Menschen Schuldenbuch. 3) Daß es *erfreue* und *betrübe* nach Verdienst: ein gut Gewissen ist der Himmel, ein bös Gewissen die Hölle – ein rein Gewissen ist an jeder Freude der beste Bissen – ein böses Gewissen hat Wolfszähne – einem Schuldigen träumt bald vom Teufel – bös Gewissen, böser Gast u. a. m.

Man verwunderte sich über einen, der eine schöne Frau hatte, daß er nicht eifere. Der antwortete: Entweder es hilft nicht, oder es brauchte nicht.

Einer pflegte zu sagen: Neid und Unfreundschaft seien unsterblich, Freundschaft und Liebe aber gläsern.

Auf die Frage, wie ein braver Bürgersmann sich tragen soll, antwortete einer: Er soll sich befleißigen gewöhnlicher Tracht, aber besonderer Sitten.

Ein anderer, der gefragt wurde: Was Neues? antwortete: Nichts Neues unter der Sonne. Alte Komödien, neue Komödianten. – Derselbe pflegte zu sagen: Es sei kein Fisch ohne Grat, und kein Mensch ohne Mangel. – Der nämliche hatte auch diesen Spruch: Streit macht Streit; darum, wer einen Rechtshandel um eine Henne habe, soll ein Ei nehmen, und die Sache lassen geschlichtet sein.

Als einer gefragt wurde, welches die größten Thoren wären, sagte er: Die, welche sich selbst weise zu sein bedünken. – Gefragt, welches das beste Deutsch wäre? antwortete er: Dasjenige, so von Herzen geht. – Gefragt, was den Menschen am zierlichsten kleide, sagte er: Gute Sitten.

Ein vornehmer Herr sah eines Tags ein altes Bäuerlein in seinem Garten Bäume pflanzen. Darüber verwunderte sich jener, und sagte: Männlein, wem zu gut pfropfest du? Das Bäuerlein antwortete: Gnädiger Herr, Gott und den Nachkommen.

Wer anders redet, als er's meint, redet des Teufels Sprach. – Falsche Leute sind den Uhren gleich, die anders zeigen, als sie schlagen. – Gleißner tragen auf der rechten Schulter unsern Herrgott, auf der linken den Teufel. – Der Argwohn ist eine Sünde wider das achte Gebot, nämlich ein falsch Zeugnis im Herzen. – Zweizüngiger falscher Leute Sache ist nichts, als ja und nein: ja im Versprechen, nein im Halten. – Einen zeitigen Dieb fangt wohl ein hinkender Büttel. – Es lebt keiner, dem nicht etwan eine Thorheit begegnet. – Die Tugend ist wie ein Öl; man schütte es ins Wasser, oder sonsthin, so schwimmt es immer zu oben. – An witzigen und verständigen Leuten soll man merken, wie ein Tag den andern lehre. – Lebendige sollen Lebendigen dienen; denn keiner weiß, was er nach seinem Tod für Erben bekommt. – Man muß weniger trachten, wie man leben, als wie man sterben soll. – Viele haben das Evangelium im Mund, und den Teufel im Herzen. – Man hat sich eher verred't, als verschwiegen. – Wo Menschenhilf aufhört, da hebt Gottes Hilf an. Oder, wie die Reime sagen:

> Wann alle Mittel stille stehn,
> Dann pflegt sein Helfen anzugehn.

Wenn's manchmal schief geht in der Welt, so denke: Alle Wege können nicht gerade sein. Und: Auf krummen Wegen kommt man oft geschwinder ans Ziel, als gradaus. Der Wegmacher wird es schon gewußt haben.

Ein frommer Dichter ermahnt die Unzufriedenen in der Welt mit diesen Worten:

> Oftmals denkt man: Das und dies
> Hätte können besser sein:
> Aber wie die Finsternis
> Nicht erreicht den Sonnenschein,
> Also geht auch Menschensinn
> Hinter Gottes Weisheit hin.

Ein armer Hirt bat den Bürgermeister seines Orts zu Gevatter. Der Bürgermeister deuchte sich zu gut zu diesem Werk, und gab ihm den Rat, er sollte den Fürsten bitten. Das er denn that. Weil aber der Fürst leichtlich erraten konnte, daß ihm ein anderer dies geraten, fragte er ihn darum. Der Hirt bekennt, daß der Bürgermeister ihm das geraten. Der Fürst des andern Tags mit wohl dreißig seiner Höflinge hebt das Kind zur Taufe, und nach Verrichtung derselben gehet er mit seinen Höflingen in das Wirtshaus, und läßt sich auf das beste traktieren. Darnach schickt er zu dem Bürgermeister und sagt zu ihm: Weil du dich zu gut erkennt, dem armen Hirten und seinem Kind den christlichen Dienst zu thun, so hab ich es für dich gethan, und deine Statt vertreten. Ist also billig, daß du mir zur Dankbarkeit die Zech' bezahlest und dem Kinde einen ehrlichen Taufpfenning gebest. Das hat nun freilich dem Bürgermeister nicht gefallen wollen; er hat sich's aber gefallen lassen müssen.

Große Herren machen mit kleinen Leuten einen kurzen Prozeß. Der heißt: Willst du nicht, so mußt du.

Ein verständiger und frommer Mann wurde gefragt, was das beste Einkommen sei? Da antwortete er: Die Redlichkeit.

Von der Kinderzucht sagte er: Man müßte also strafen, daß der Apfel bei der Rute sei.

Als einer sagte: Wer sag', daß Wucher Sünde sei, der habe kein Geld; so antwortete er: Wer sag', daß Wucher keine Sünde sei, der habe keinen Gott.

Von heutigstags Verschreibungen und Verbriefungen sagte er: Vor der Zeit habe man kleine Briefe gemacht, und wäre großer Glauben unter den Leuten gewesen; jetzo richte man große Briefe auf und halte wenig Glauben.

Ein fauler Dieb, sagte er, schade bei weitem nicht so viel, als ein fahrlässiger Knecht.

Derselbe pflegte zu sagen: Die Glocken klingen viel anders, wenn ein lieber Freund sterbe, als sonsten.

Von der Jugend sagte ein verständiger Mann: Sie sei wie ein Most, der lasse sich nicht halten, er müsse verjähren und überlaufen; also wolle die Jugend sich auch immer sehen lassen und etwas vor andern sein.

Ein anderer: Die Mütter müssen der Söhne Schulmeister sein, so lang bis diese in die Schule gehen; aber der Töchter, so lange sie bei einander leben.

Ein anderer: Was die schmutzigen und sparsamen Eltern gewonnen, das verzehren die vergoldeten und versilberten Kinder wieder.

Die Sprichwörter halten eine strenge Kinderzucht; sie empfehlen:

1) *Aufsicht:* Auf der Mutter Schoß werden die Kinder groß.

2) *Ernst:* Mit Übersehen und Überhören schlagen die Kinder die Eltern.

3) *Gottesfurcht:* Gute Bäume tragen zeitig.

4) *Züchtigung:* Je lieber das Kind, desto schärfer die Rute.

5) *Brechung des Eigensinnes:* Giebt man dem Kinde eines Fingers lang nach, so will's eine Spanne haben.

6) *Arbeitsamkeit und Sparsamkeit:* Wer in jeder Woche einen blauen Montag und einen grünen Donnerstag macht, bescheidet seinen Kindern den Bettelstab und den Gemeinkasten.

Die Sprichwörter setzen jedoch manches Merk's hinzu, was die Eltern angeht und nicht die Kinder:

1) Gieb kein böses Beispiel: Hat der Fuchs gestohlen, so stiehlt das Füchslein auch – wie die Alten sungen, so zwitschern die Jungen.

2) Strafe nicht aus Zorn und im Zorn: Oft essen die Eltern Holz-äpfel, davon den Kindern die Zähne stumpf werden.

3) Sieh ihnen nach als Kindern: junge Leute stoßen überall an, wie junge Rosse – Kindern ziemen kindische Gebärden.

4) Achte sie, als wenn aus ihnen große Leute werden: Mangel an Jahren ist ein Fehler, der sich mit jedem Tag verbessert – die größten Bäume waren einmal schwache Reislein.

Ein armer Schneider hatte viele Kinder, und nicht sehr viel dazu. Der sagte einmal: der Segen Gottes treibe ihn vom Tische, und vor dem Segen Gottes könne er nicht in die Schüssel kommen. – Merk: viele Kinder sind eine Heimsuchung Gottes; fromme Kinder sind ein Segen Gottes. Darum führe deine Kinder zum Herrn, auf daß er sie segne.

Ein anderer armer Bürger hatte auch viel Kinder und des Brots nicht zu viel. Der kam zu einem reichen Herrn und bat ihn, er möchte ihm etwas Korn entweder schenken, oder doch lehnen; denn er hätte viele Mühlen zu Hause, die nichts zu mahlen; denen wollte er auch gern was zu thun geben, sie möchten sonst ganz und gar aus der Gewohnheit kommen. – Merk: Höflich bitten ist keine Schand', sonderlich bei großen und reichen Herren.

*   *
*

Ein Jud' wurde gefragt: wenn er an einem Sabbath einen Säckel mit Geld fände, ob er den wollte aufheben? Der Jud' antwortete: Es ist heute kein Sabbath; auch sehe ich noch keinen Säckel auf der Erde liegen.

Eine junge Witwe fragte ihre Nachbarin um Rat in einer Heirat, mit diesen Worten: Ich bitte, rat' mir mein Bestes, aber rat' mir nicht davon.

Einer legte die Freuden dieser Welt so aus: Freude über Macht und Herrlichkeit ist eine Gras- und Blumenfreude; Freude über Reichtum ist eine Dorn- und Distelfreude; und Freude über Gesundheit und Schönheit ist eine Aprilen- und Minutenfreude.

Ein verständiger und frommer Mann hatte folgende Sprüche im Brauch: Armut ist groß, aber Faulheit ist noch größer. – Gott sorgte wir aber sollen arbeiten. – Gott bleibt nicht aus, wenn er gleich verzieht. – Zornige Leute erkennt man am besten im Spiel und auf der Jagd. – Dieberei ist die gemeinste Nahrung in der Welt. – Afterreden ist nichts anders, als in Gottes Gericht greifen. – Die Strafe haßt man, aber die Sünde liebt man. – Die, welche andere urteilen und richten, verdammen sich selbst,

Folgende Reime waren ihm sehr gemein:

> Wer was weiß, der schweig',
> Wem wohl ist, der bleib';
> Wer was hat, der behalt',
> Unglück kommt ohne das bald.

In einer Stadt ist den Bürgern wegen der unleidentlichen und von Tag zu Tag wachsenden hohen Kriegsauflagen von der Obrigkeit, dringender Notdurft halber, aufgetragen worden, sich bei Erinnerung ihres Eides selbst zu schätzen. Da sagte zu einem ehrlichen Manne sein Freund: Es wäre unmöglich, daß sich einer selbst so gewiß schätzen könnte, so daß er nicht etwas zu viel oder zu wenig thäte. Diesem antwortete jener: das ist wahr; darum, wenn ich mich zu gering schätze und weniger Gut angeb', als ich vermag, so bin ich meineidig; wenn ich mich zu hoch schätze und mehr Gut angeb', als ich vermag, so bin ich ein Narr; doch will ich lieber ein Narr sein, als daß ich meineidig wollte befunden werden.

Ein verständiger Mann pflegte zu sagen: wenn es so allgemein wäre, für die Obrigkeit zu bitten, als derselben zu fluchen und übles nachzureden, so würde es wohl besser im Lande stehen.

Ein anderer: wenn ein Bauer wüßte die Gefahr, Sorge und Mühe eines Fürsten, so würde er Gott nicht genug wissen zu danken, daß er ihn hätte lassen einen Bauern werden.

Von den Regenten sagte ein anderer: Die hoch stehen, müssen viel übersehen. Und von den Untertanen: Die nieder stehen, können nur weniges sehen.

Gäste muß man nicht lange fragen, sondern ihnen sogleich vorsetzen. Der Vater sagt nicht zum Kinde: Willst du? sondern: Da hast du!

Einer gab einem Armen, wobei er sagte: Wer weiß, wo es Gott wieder giebt? Darauf antwortete ein eben so frommer Mann: Gleich als wenn er's nicht zuvor gegeben hätte.

Als von menschlicher Undankbarkeit die Rede war, sagte ein vernünftiger Mann: Wer keinen Undank haben, oder seine Gutthaten nicht wagen und verlieren wolle, der werde wohl sterben, ehe er einigen Menschen etwas Gutes thue.

Ein frommer Mann hatte diese Sprüche im Brauch:

> Almosen geben armet nicht,
> Kirchen gehen säumet nicht,
> Unrecht Gut faselt nicht,
> Gottes Wort trüget nicht.

Weiber, die gern unter der Thür, und am Fenster sind, werden den Flachs nicht teuer, und das leinen Tuch nicht wohlfeil machen.

Weiber, die alles haben wollen, was sie sehen, müssen oft um das fahrend' Gut das liegend' verkaufen.

Eine Frau sagte: Spinnen wär ein geringer Verdienst. Darauf eine andere: Hat aber viel Ehr' in sich.

Ein verständiger und witziger Mann pflegte von den Advokaten und von den Ärzten zu sagen: Jene ernähren sich von der Menschen Unverträglichkeit, diese von ihrer Unmäßigkeit.

Vom Vexieren und Possenreißen sagte er: Nach solchen Schwänken werfe man gern um.

Von dieser Welt Lauf pflegte er zu sagen: Fried' macht Reichtum, Reichtum macht Übermut, Übermut bringt Krieg, Krieg bringt Armut, Armut macht Demut, Demut macht wieder Frieden.

Von dem bösen Gesind' sagte er: Ein faules Holz, wenn man es ins Feuer legt, macht einen bösen Geruch; also macht ein unflätig und heillos Gesind' im Haus ein böses Gerücht. – Und von bösen Gesellen: Gleichwie eine ungerade übellautende Pfeife die ganze Orgel verderbe, also verwirre ein böser Bub' eine ganze Gemeinde.

Es hatte ein Bauer wider seinen Junker gehandelt. Der Junker ließ ihn fangen, und gab ihm die Wahl unter drei Strafen: entweder sollt' er zwanzig rohe Zwiebeln essen, oder zwanzig Streiche auf dem bloßen Rücken leiden, oder zwanzig Thaler geben. Der Bauer war reich und sprach: Ich will die Zwiebeln essen. Und da er drei oder vier gegessen hatte, da mocht' er nicht mehr essen, sie rochen ihm in die Nase; da wollt' er die Streiche leiden; da er auch drei oder vier Streiche hatte, da wollt' er erst Geld geben.

Ein frommer, leutseliger Fürst hörte sagen von zwei Bürgern in einer Stadt, daß sie lange Zeit miteinander in Streit lebten, und daß niemand sie aussöhnen könnte. Der Fürst sprach: ich will sie richten und eins machen, und schickte nach ihnen. Und als sie nun vor den Fürsten kamen, da sprach er zu dem einen Bürger: Komm her zu mir und ziehe mir ein graues Haar aus. Er that es. Darnach sprach der Fürst zu dem andern Bürger: Komm, ziehe mir ein schwarzes Haar aus. Er that's auch. Und da der Fürst beide Haare in seiner Hand hatte, sprach er: Das graue Haar, als es mir ausgezogen wurde, hat mir so weh gethan, als das schwarze; und also hab' ich auch gleich große Schmerzen von der Bürger Unfrieden, als von ihrem Leiden. Darum, so lieb euch euer Leben ist, so habt Frieden miteinander. Und mußten einander vor ihm die Hände bieten und verzeihen.

In einem Dorfe begehrten die Bauern von ihrem Pfarrer, daß er ihnen einen Regen von Gott zuwege bringen sollte, weil er ihnen in der Predigt gesagt, daß der Glaub' alles vermöge. Er gab ihnen zur Antwort: Er sei ein Pfarrer für alle, und nicht für etliche allein; sie sollten deswegen zusammen kommen. Als dies geschehen, fragte er einen jeden insbesondere, was er für ein Wetter begehrte. Da begehrte einer Regen, der andere schön Wetter, ein dritter halb Sonnenschein und halb Regen, und ein vierter, der nichts im Haus und wenig im Felde hatte, sagte aus Verdruß: er wolle gar kein Wetter. Da antwortete der Pfarrer: Da ihr unter euch wegen des Wetters nicht eins werden könnt, so kann ich euch von Gott auch nichts zuwegebringen. – Es heißt wahr im Sprichwort: So viel Köpf', so viel Sinn. Und: Wer' s allen recht machen will, macht's keinem recht. Und: Selbst unser Herrgott kann's nicht allen Menschen recht machen.

Über das Gebet sagen die Sprichwörter viel Schönes und Wahres: Lang Mundwerk, schlechter Gottesdienst – Die kurzen Stoßgebetlein sind die besten – Kurzes Gebet, tiefe Andacht – Das Gebet des Betrübten ist ein lieblicher Gesang in Gottes Ohr – Zum rechten Gebet gehören ein gut Gewissen, heilige Hände und ein frommes Herz. – Das Gebet will das Herz ganz und allein haben – Gebet ist ein Doppelschlüssel (er schließt das Herz des Menschen und die Pforte des Himmels auf) – Sorgen treiben zum Gebet, Gebet vertreibt die Sorgen. – Darum ein Dichter recht sagt:

> Wer fleißig betet und Gott traut,
> Wird alles, da ihm sonst vor graut,
> Mit tapfern Mut bezwingen;
> Sein Sorgenstein wird in der Eil'
> In tausend Stille springen.

Zum Müßiggang gehören entweder große Einkünfte oder hohe Galgen.

Man hat hierüber folgende Reime:

> Wer mehr will verzehren,
> Als sein Pflug mag ernähren,
> Der muß zulegt verderben,
> Oder gar am Galgen sterben.

Ein Bürgermeister in einer Stadt konnte keinen sehen müßiggehen. Wenn er einen Menschen auf dem Markte Maulaffen feil haben sah, so ging er zu ihm hin, und fragte: was er Gutes zu thun hätte. Wenn nun der antwortete: nichts; so sagte er hinwiederum: Ich will euch was zu thun geben; kommt mit mir heim und hauet mir mein Holz. – Wenn das heutigstags ein Bürgermeister in unsern großen Städten in Gewohnheit hätte, so würde bald das Holz teuer und die Holzhacker wohlfeil werden.

Wer christlich lebt, recht und wohl thut, der *ist* versehen; wer dawider thut, der *hat's* versehen.

Ein anderer hatte diese Sprüche im Brauch: Laßt uns Böses leiden, auf daß Gutes daraus werde. – Es muß auf dieser Welt entweder bald gestorben, oder nur geduldig gelebt sein. – Glück bethört mehr Leute als Unglück. – Christus läßt uns wohl sinken, aber nicht ertrinken. – Eines Christen bestes Handwerk ist Beten.

Von demselben frommen Manne hat man diese Reime:

> Schweig, leid, meid und vertrag,
> Dein Not' niemand klag,
> An Gott nicht verzag,
> Seine Hilf' kommt alle Tag.

Item: Was Gott will erquicken,
Kann niemand unterdrücken,
Was Gott will erretten,
Kann niemand untertreten.

Ein Gelehrter wurde gefragt: welches die größten Geschlechter in dem Land seien? Der antwortete: Habsgern, Nimmsgern, Stiehlsgern.

Einer gab eines Herrn Diener die Lehre, daß er in schweren Sachen die Krebse mit seines Herrn Handschuh aus den Löchern ziehen sollte; sonsten brächte er die Hände nicht ohne Schaden davon.

Einer sagte, daß heutigstags alles durch die Henkalien (mit Vorsetzung eines Sc) könnte zuwege gebracht werden, und wollte einen seiner guten Gesellen hiemit auch bereden, an Ort und Stelle, da derselbe um etwas anhielte, Schmier anzuwenden. Der antwortete: Wenn ich kaufen und bezahlen soll, so ist's keine Gnade. Und ich halte den, der besticht, und den, der bestechen läßt, einen so gut als den andern.

Ein Junker hatte etliche gute Freunde auf eine sehr große Forelle zu Gast geladen. Als nun der Knecht den Fisch sollte auftragen, fällt er mit demselben zur Thür herein und wirft ihn auf die Erde. Der Junker sagte: Das kann ich auch, dazu brauch ich keinen Knecht. Der Knecht antwortete: Ja, Junker, nachdem ihr es von mir gesehen und gelernt. Des mußten sie sich satt lachen und nicht satt von der Forelle essen.

Es giebt drei böse Hunde; wer von einem dieser drei gebissen wird, ist übel gebissen. Der erste heißt Undank; der zweite Hoffahrt, der dritte Mißgunst oder Neid.

Drei Dinge sind, welche die Erde bewegen, und das vierte kann sie nicht ertragen: 1. Wenn der Bauer Herr wird. 2. Wenn der Bauer voll wird. 3. Wenn die Magd Frau wird. 4. Wenn die Frau Herr wird.

Einer war sehr erzürnt über sein Gesind. Zu dem sagte ein guter Freund: Der Herr wolle seinen Zorn mäßigen.

Aber ein anderer, der auch dabei stund, sagte darauf: Was bös ist, soll nicht nur gemäßigt, sondern gar abgestellt werden.

Ein erfahrner Mann sagte: Wer heutigstags in der Welt will fort kommen, muß drei R haben oder können: Reden, Rechnen, Raten. Und wer ein Roß vermag, noch ein viertes: Reiten.

Ein kluger Mann ist wie ein Zeiger in der Uhr, dessen Anschläge man nicht eher merkt, bis sie schlagen.

Ein gut Teil der Politiker und Finanzer trachtet nach der Gerechtigkeit, wie ein Minierer, daß er sie könne untergraben und in die Luft sprengen. Die Mildigkeit hat er in Ehren, wenn man ihm reichlich giebt; die Demut, wenn alle unter ihn erniedrigt und herabgesetzt sind; die Redlichkeit, bei andern Leuten, daß er sie möge auslernen und über das Seil werfen.

Wer einmal betrogen ist, mit dem ist Mitleiden zu haben; wer sich zum zweitenmal läßt betrügen, ist scheltenswert; wer zum drittenmal, ist nicht zu bedauern, ist ihm auch, als einem Narren, nicht zu helfen. – Merk: Bedauern muß man, wie verzeihen, siebenmal, ja siebenmal siebenzigmal; und helfen obendrein, wenn man kann.

Diejenigen, welche sich nicht an dem lassen genügen, was ihnen Gott giebt, sondern allzeit mehr haben wollen, und ihre Sachen weit ausschlagen, sind gleich den Würmern, die ihren Faden fast lang aus ihnen selbst spinnen, aber sich selbst damit zu nichten machen. Darum sagt ein alter Dichter recht hievon:

> Leb hin in Geduld auf Erden,
> Denn dir mag hier nicht mehr werden,
> Als Essen, Trinken und Gewand,
> Und was du hast von Gott erkannt.

Ein anderer sagte: Gott gebe allzeit so viel, als man bedürfe oder zum Leben vonnöten habe, ob er schon nicht allzeit gebe zum Überfluß. Giebt er nicht Ehrenwein, so giebt er doch Tischwein; giebt er nicht Tischwein, so giebt er doch Tischbier; giebt er nicht Tischbier, so giebt er doch Fischbier, das ist, einen Trunk Wasser, und damit kann man den Durst ebensowohl löschen, als mit Wein und Bier; auch sei das Fischbier der älteste Trunk, und den man am gewissesten haben könne.

Einer, der hintergangen worden, wurde deshalb von einem andern ausgelacht. Gegen den entschuldigte er sich also: Wißt ihr nicht, daß diejenigen gut zu betrügen sind (verstehe: von andern), die nicht gut sind zu betrügen (verstehe: andere).

Einer nannte diese Welt einen großen Fluß, über den je einer den andern überhelfen soll; es währe doch nicht lang, und sei nur eine Überfahrt.

Derselbe sagte zu denen, welche sich verwunderten, daß der Mensch so hurtig zum Bösen und so langsam zum Guten sei: Wisset ihr nicht, daß ein Stein in einem Augenblick sich selber einen hohen Berg hinab wälzet, da man ihn in einem ganzen Tag nicht wieder hinauf wälzen kann? Jenes ist der Natur gemäß, dieses ist der Natur zuwider.

Um das Jahr ungefähr, da man zählet tausend vierhundert und sechs, begab sich's, daß ein Kaufmann geritten ist gen Frankfurt auf die Messe, da ist ihm der Mantelsack vom Sattel gefallen, darin waren achthundert Gülden. Da ist ein Zimmermann kommen und hat den Mantelsack gefunden, und hat ihn mit sich heimgetragen, und da er heimkommen ist, hat er den Mantelsack aufgethan und hat gesehen, was darin war, und hat ihn heimlich behalten, ob jemand darnach fragen werde. Am nächsten Sonntag darnach hat der Kirchenherr im selben Dorfe, in welchem der Zimmermann wohnte, auf der Kanzel verkündet: Es sind achthundert Gülden verloren worden und wer dieselben gefunden hat, dem will man hundert Gülden schenken, wenn er's wieder giebt. Und der Zimmermann war nicht in der Kirche gewesen zum selbigen Mal. Und da man über Tische saß, sagt seine Hausfrau, wie achthundert Gülden verloren wären. Ach sagt' sie, hätten wir den Sack funden, daß uns hundert Gülden würden. Der Mann sprach: Frau, geh' hinauf in unsere Kammer; unter der Bank beim Tisch auf dem Absatz der Mauer liegt ein lederner Sack, den bring' herab. Die Frau ging hinauf und holete ihn und bracht' ihn dem Manne; der Mann thät den

Sack auf, da waren die achthundert Gülden darinne, wie der Pfarrer verkündet hatte. Der Zimmermann ging zum Pfarrer und fragte ihn: Ob es also wär', wie er verkündet hätte, daß man dem Finder hundert Gülden schenken wolle? Der Geistliche sprach: Ja. Da sagt der Zimmermann: Heißet den Kaufmann kommen, das Geld ist da. Da ward der Kaufmann froh und kam. Nachdem er das Geld gezählet, warf er dem Zimmermann fünf Gülden hin und sprach zu ihm: Die fünf Gülden schenk' ich dir, du hast selber hundert genommen und hast dir selbst gelohnet, es sind neunhundert Gülden gewesen. Der Zimmermann sprach: Dem ist nicht also; ich habe weder einen Gülden, noch hundert genommen, ich bin in dieser Sache unschuldig. Das Geld ward hinter das Gericht gelegt und sie kamen miteinander vor Gericht. Nach manchem Gerichtstag ward ein Tag des Ausspruchs angesetzt. Da kamen viel fremde Leute, die wollten den Ausspruch hören. Und man fraget den Kaufmann, ob er einen Eid schwören könne, daß er neunhundert Gülden verloren? Sprach der Kaufmann: Ja. Da sprach das Gericht: Hebe die Hand auf und schwöre. Darnach fraget das Gericht den Zimmermann: Ob er einen Eid schweren möchte, daß er nicht mehr denn achthundert Gülden gefunden? Sprach der Zimmermann: Ja, und schwur den Eid. Da erkannten die Urteilsprecher, daß sie beide recht geschworen hätten, der Kaufmann, der die neunhundert Gülden verloren, und der Zimmermann, der nur achthundert gefunden hätt', und der Kaufmann solle einen suchen, der neunhundert Gülden gefunden hätte, es wäre nicht der Sack, er hätte nicht das rechte Wahrzeichen gesagt, und der arme Zimmermann solle das Geld brauchen, bis einer käme, der nur achthundert Gülden verloren hätte. Dies Urteil lobte Jedermann und war zu loben, denn Untreu schlug seinen eigenen Herrn. Und ward das Sprichwort wahr: Wer zu viel will haben, dem wird zu wenig.

Viele Leute sind der Meinung, sie haben nur zwei Hände, mit der einen, daß sie nehmen, mit der andern, daß sie behalten; die dritte, damit sie geben sollten, sei ihnen noch nicht gewachsen.

Gottlose und geizige Leute haben lieber den Segen Esau, und lassen den Frommen den Segen Jakobs.

Ein alter weltlicher Dichter sagt von den Geldgeizigen:

Hätt' ich nur Geld, schreit alle Welt,
Nach Geld steht unser Begehren,
Man ruhet nicht, nach Geld man sieht,
Wie kann's doch ärger werden?
Man lauft, man rennt, man reit't, man sprengt,
Nach Geld steht all ihr Sinnen,
Im Reg'n und Schnee, zu Land und See,
Wie Geld man mag gewinnen.
Man läßt nicht ab bis in das Grab,
Geld, Geld nur ist ihr Leben.
Geld ist ihr Gott in aller Not,
Wer kann da fromm noch werden?

Merk: So schlecht bestellt war die Welt schon vor 500 Jahren, und sie wird wohl nach 500 Jahren auch nicht besser sein. Dies zu wissen, hilft zwar nichts, aber es tröstet doch.

Als einer dem andern für einen erwiesenen Dienst gar höflich dankte, so sagte dieser: Ich danke, daß Ihr mir dankt. (Er vermeinte, heutigstags seien die Leute so undankbar, daß man wohl Ursache habe, sich zu bedanken, wenn man Dank bekäme.)

Ein Richter hatte einen, der einen andern hart verwundet, in den Turm gesetzt. Zu dem kamen andere und baten für den Gefangenen, indem sie sagten: er sei nicht aller Dinge weise und verständig. Darauf antwortete der Richter: Mein Amt ist auch nicht, die Weisen und Verständigen zu strafen, sondern die Narren und die ihren Verstand nicht gebrauchen wollen.

Jemand sagte: Seit undenklichen Zeiten hat weder Sonne noch Mond das alte Vertrauen und den gemeinen Nutzen mehr gesehen. Ein Jäger aber hat beide in einer finstern Höhle gefunden, wo sie an Händen und Füßen lahm, und in den letzten Nöten gelegen. –

Einige disputierten darüber, ob es besser wäre, daß die großen Herren von ihren Unterthanen geliebt, oder besser, daß sie gefürchtet werden. Da sagte einer: Gott will haben, daß man ihn liebe und fürchte zugleich; also ist es auch mit großen Herren.

Als ein Bürger von andern getadelt wurde, daß er sich in Kriegsnöten beim Kriegswesen gebrauchen hat lassen, verantwortete er sich also: Wenn das Vaterland in Brand steht, sind alle Stände schuldig, löschen zu helfen. – Ein anders Mal verantwortete er's also: Wenn wir in einem Schiff sitzen, das versinken will, so müssen wir alle rudern helfen.

Einer sagte: Das muß ein kluger Mann gewesen sein, der das Laufen erdacht hat; es hat ihrer viel' aus Not und Schanden gebracht. Darauf sagte ein anderer: Ich nehme drei Stände aus, wo das Weichen und Laufen in Not und Schanden bringt: Die Fürsten unter Verrätern; die Soldaten vor dem Feinde; und die Hirten, wenn der Wolf kommt. Da gilt's stehen bleiben und sich wehren.

Der Haussegen besteht in Vier: in einem gnädigen Gott, in einem gesunden Leib, in einem tugendsamen Weib, in einem seligen Tod.

Von einer friedlichen, frommen und freundlichen Ehe singt ein alter Dichter:

> Wenn Mann und Weib sich wohl begehn,
> Und unverrückt beisammen stehn
> Im Bande reiner Treue,
> Da geht das Glück in vollem Lauf,
> Da sieht man, wie der Engel Hauf'
> Im Himmel selbst sich freue.
> Kein Sturm,
> Kein Wurm
> Kann zerschlagen,
> Kann zernagen,
> Was Gott giebet
> Dem Paar, das in ihm sich liebet.
> Der Mann wird einem Baume gleich,
> An Ästen schön, an Zweigen reich,
> Das Weib gleich einem Reben,
> Der seine Träublein trägt und nährt,
> Und sich je mehr und mehr vermehrt
> Mit Früchten, die da leben.
> Wohl dir,
> O Zier,
> Mannes Sonne,
> Hauses Wonne,

Ehren-Krone!
Gott denkt dein vor seinem Throne.

Von dem Leut-Ausrichten hat man diese Sprüche:

Wer mich ausricht, gedenkt sein nicht;
Gedächt er sein, so vergäß' er mein.

Und:

Sieh nur auf dich, und nicht auf mich,
Woran ich fehlen thu, davor dich hüte du.

Man sieht eines Mannes Weisheit, wenn er ein Regent ist, eines Mannes Kredit, wenn er ein guter Zahler ist, eines Mannes Geduld, wenn er in Nöten ist, eines Mannes Demut, wenn er in großem Ansehen, und eines Mannes Reichtum, wenn er tot ist.

Von den Geizigen, die alles allein haben wollen, hat ein deutscher Reimer diese Reime gemacht, die meines Erachtens wert sind, daß sie den Geizigen zur Lehr gemein gemacht werden:

Der Reiche frißt den Armen,
Das ist leider zu erbarmen.
Der Teufel frißt die Reichen,
So verderbens beide zugleichen.
Drum, Geier, lieber Vogel mein,
Vergönn' den kleinen Vögelein,
Daß sie auch essen mit,
So giebt Gott Glück, Segen, Fried.

Ein anderer verständiger Mann sagt von den Geizigen: Was hilft's, daß man Kisten und Kasten voll hat, und der Teufel hat den Schlüssel dazu? – Und ein anderer: Der Geizige ist wie ein Gaul, der Wein führt und Wasser trinkt, und wie ein Esel, der mit Geld beladen ist, und Disteln frißt.

Als unter andern Gesprächen bei etlichen Bürgern die Frage vorfiel: welches am besten wäre, daß man Reiche oder daß man Arme zu Ratsherren machte, antwortete einer drauf: Sind sie Geizhälse, so taugen sie beide nichts.

Einer, der die Karten gern in der Hand und die Kanne gern unter der Nase hatte, fragte einen andern scherzweise: Wie weit er noch ins Land hätte, wo er reich werden könnte. Der andere antwortete: Das weiß ich nicht; aber in dem Land', wo du ein Bettler werden und bleiben wirst, wenn du es nicht anders machst, da bist du schon.

Einer wurde gefragt, wo man die Wahrheit am besten vernehmen möchte. Der antwortete: In der Kirche, von Kindern und Narren, von trunkenen Leuten, und wo sich die Leute zanken.

Jemand lobte den Wein vor dem Bier um vier Ursachen willen: 1. weil ihn Gott gebrauet; 2. weil er älter, als das Bier; 3. weil er auch im alten und neuen Testament gelobt wird; 4. weil ihn jedermann mehr liebt und lobt, als das Bier.

Ein frommes Sprichwort sagt: Gott gebühren drei R und drei S: Rache, Ruhm, Richten; Sorgen, Segnen, Seligmachen. – Ein andres: Wer Gott vertraut, hat wohl gebaut. – Und noch eins: Der frommen Menschen Sorgen nimmt Gott auf sich. – Darum ermahnt ein frommer Dichter mit Recht:

> Was kränkst du dich in deinem Sinn
> Und grämst dich Tag und Nacht?
> Nimm deine Sorg', und wirf sie hin
> Auf den, der dich gemacht.
> Hat er dich nicht von Jugend auf
> Versorget und ernährt?
> Und bis dahin in deinem Lauf
> Manch Unglück abgekehrt?
> Er hat noch niemals was versehn
> In seinem Regiment,
> Nein, was er thut und läßt geschehn,
> Das nimmt ein gutes End'.
> Ei nun, so laß ihn ferner thun,
> Und red' ihm nicht darein.
> So wirst du hier in Frieden ruh'n,
> Und ewig fröhlich sein.

Folgender Spruch ist schon sehr alt, ist aber heut' noch wahr:

> Wer vor zwanzig Jahren nicht schön,
> Vor dreißig Jahren nicht stark,
> Vor vierzig Jahren nicht witzig,
> Vor fünfzig Jahren nicht reich,
> An dem ist alle Hoffnung verloren.

Ein weiser Mann sagte: Wer aufhört dankbar zu sein, ist nie recht dankbar gewesen.

Derselbe: Es ist besser einem Frommen, als tausend Ruchlosen gefallen.

Ein anderer: Eines frommen Mannes Herkommen und eines guten Weines Heimat müsse man nicht gar so genau nachfragen.

Einer, der mit Schuldenzahlen pünktlich einhielt, pflegte zu sagen: Zeitliche Zahlung erhält guten Glauben, und zeitliche Abrechnung gute Freundschaft.

Auf einem Rathaus in einem fernen Lande stehen diese Reime, die wohl auch hiesigs Lands gelten:

> Wo der Bürgermeister schenket Wein,
> Die Fleischhauer im Rat sein,
> Und der Bäcker wieget das Brot,
> Da leid't die Gemeind' große Not.

Ein gescheiter Mann hatte folgende Sprüche im Brauch: Wann einer so viel thut, als er kann, so thut er so viel, als ein Kaiser und König. – Treibt einer seine Nahrung nicht, so treibt einen die Nahrung. – Leg mehr hinter das Pferd, als vor das Pferd; siehe, wie lang du mit demselben arbeiten wirst (wollte damit andeuten, daß man den Pferden ihre gehörige Notdurft in Futter und Trank geben sollte). – Derselbe Mann hatte von ungetreuen Freunden folgenden Spruch:

> Dein guter Freund bin ich,
> Zwei Ding' ausnehm ich:
> Ich geb dir nicht, ich lehn' dir nicht,

Sonsten lass' ich mit nichten dich.

Kommst du unter streitende Parteien, so mache dich aus dem Staub, wenn du's kannst; wo nicht, so halt's mit einer, die du für die bessere hältst. Wer's mit keiner hält, hat ein doppelt schlechtes Spiel; liegt er vorn, so wird er gedrückt; liegt er hinten, so wird er getreten.

Ein guter Hausvater muß sich auf den Winter mit B. versehen, nämlich mit Brot, Bier, Butter, Brand, Bett. Und eine gute Hausmutter hat fünf K. zu versorgen: Kinder, Kammer, Küche, Keller, Kleider.

Eine Frau hatt' einen gar wunderlichen Mann, und ging zu einem alten Weibe, die manchen geholfen hatte, es war an einem Vieh oder an einem verlornen Gut; die Frau dachte, das alte Weib kann mancherlei, vielleicht kann sie dich auch lehren, daß dein Mann tugendhaft wird. Sie klagete derselben Frau ihre Not und sprach sie um Hilfe an. Die Frau sprach: Ich kann es nicht, aber ich kann euch wohl weisen, wo man das euch lehret, es wird euch aber etwas kosten. Da sprach die Frau: Ach, das schadet nichts! Wie muß ich thun? Die alte Frau sprach: Ihr müßt am Sonntag früh, sobald man das Thor aufthut, hinaus vor die Stadt gehen auf den Hanfacker, wo der Apfelbaum steht, und so weit, als ihr werfen könnt, davon bleiben, und müßt drei Stück Speck bei euch haben und eins muß größer sein, denn das andere, das erste muß ein Pfund haben, das andere drei Pfund, daß dritte fünf Pfund, und müßt dreimal werfen und bei jeglichem Mal sprechen:

Alraun, Alraun, ich ruf' dich an,
Mach tugendhaft mir meinen Mann!

so giebt die Zauberin euch keine Antwort bis zum drittenmal.

Die gute Frau that, wie ihr geheißen war. Da ging das alte Weib voraus hin und setzte sich hinter den Baum, wo sie die Frau hinbeschieden hatte; die gute Frau kam, und that, wie ihr gelehret worden war. Und als sie zum drittenmal sprach: O Alraun, mach tugendhaft mir meinen Mann! da sprach das alte Weib hinter dem Baume:

Sei gehorsam deinem Mann im Haus,
Wenn du weggehst, bleib nicht lang' aus;
Hab' Sorg' für Küh', Kind, Vieh, Gesind',
Nicht widerbell', sei sanft und lind
Gegen deinen Mann bei Nacht und Tag,
Er wird ganz tugendhaft, ich dir sag.

So war sie die Alraun gewesen, und hatte den Speck.

Von den Leiden dieser Welt sagt ein frommer Dichter:

Es muß ja durchgerungen,
Es muß gelitten sein,
Wer nicht hat wohl gerungen,
Geht nicht zur Freud' hinein.

Und anderswo:

Kinder, die der Vater soll
Ziehn zu allem Guten,
Die geraten selten wohl,
Ohne Zucht und Ruten.
Bin ich denn nun Gottes Kind,
Warum soll ich fliehen,
Wenn er mich von meiner Sünd'
Hin zu sich will ziehen?
Es ist herzlich gut gemeint
Mit der Christen Plagen
Wer hier zeitlich wohl geweint,
Darf nicht ewig klagen,
Sondern hat vollkommne Lust
Dort in Christi Garten,
(Dem er einig recht bewußt)
Endlich zu gewarten.
Gottes Kinder säen zwar
Traurig und mit Thränen,
Aber endlich bringt das Jahr,
Wonach sie sich sehnen;
Denn es kommt die Erntezeit,

Da sie Garben machen;
Da wird all ihr Gram und Leid
Lauter Freud' und Lachen.

Es war ein Bürger in einer Stadt, der zog nach dem heiligen Grabe. Und da er auf dem Meer war, hatte er seine Tasche neben sich gelegt. Da war auch ein Affe auf dem Schiffe, der erwischte die Tasche und trug sie auf den Segelbaum und lugte darein und von allem, was er darin fand, warf er den dritten Teil in das Meer und zwei Stück in das Schiff. Wenn er zwei Pfennige in das Schiff warf, warf er den dritten in das Meer. Der gute Pilger las das Geld auf, das der Affe in das Schiff warf; hintennach warf der Affe auch die Tasche in das Schiff. Da der Pilger wieder heimkam, sagt' er's seiner Frau, wie es ihm mit dem Affen ergangen wäre. Da sprach die Frau: Du sollst froh sein, daß es also ergangen ist; das Geld, welches ich dir auf die Reise mitgab, habe ich aus Milch gelöset, und ist der dritte Teil Wasser gewesen. Gott, der Herr, hat nicht gewollt, daß du die heilige Fahrt mit unrechtem Gut vollbringen sollst. Darum hat der Affe den dritten Pfennig ins Meer geworfen.

Ein frommer und gelehrter Geistlicher pflegte zu sagen: Wenn ich bete, so rede ich mit Gott; wenn ich lese, so redet Gott zu mir.

Ein anderer: Die Worte bitten nicht, sondern das Herz, und herzliche Zuversicht, und innerliches Seufzen.

Ein anderer gottesfürchtiger Mann: Das Gespräch zwischen Bekannten und Freunden sei sehr lieblich, aber am allerliebsten, wenn man von Gott rede.

Von einem anderen hat man folgende Reime:

Wer die Welt erkieset,
Daß er Gott verließet,
Wann es geht ans Scheiden,
Verliert er's alle beiden.

Von demselben diesen schönen Spruch: Der Leib soll sein ein Knecht der Seele, die Seele eine Dienerin des Geistes, und der Geist ein Anstarren Gottes.

Ein weiser Mann sagte: er könne nicht begreifen, wie ein vernünftiger Mensch sich einen Rausch antrinken möge, indem man drei Tage dazu brauche: einen, um zu sündigen; den zweiten, um zu büßen; und den dritten, um zu bereuen.

Einer war aus Trunkenheit in den Kot gefallen. Ein anderer fragte: Was der Mensch da machte? Dem antwortete ein dritter: Er will wohl hier seinen Verstand suchen, den er im Rausch verloren.

Einer rühmte sich, daß er wohl trinken könnte; dem antwortete ein anderer: Ich glaube wohl, daß du viel und auch voll trinken, aber nicht wohl trinken kannst; denn zwischen wohl, voll und viel ist ein großer Unterschied.

Einer hatte vom Trinken ein rotes Gesicht. Zu dem sagte ein Spottvogel: Ihr habt gewiß eine hitzige Leber. Nein, sagte der andere, ich spüre ja keinen Durst. Ja, antwortete der andere, das macht, ihr trinkt halt immer, ehe euch dürstet.

Ein weiser Mann sagte von denjenigen, welche große Gastereien halten wollen, und doch ein schlechtes Einkommen haben: Es schicket sich nicht wohl, währet auch nicht lang, wenn arme Gesellen mit großen Löffeln essen wollen. – Ein anderer pflegte zu sagen von denen, die allzeit den besten Bissen auf dem Markte einkaufen und essen wollen: Es schmeckt wohl, wenn es nur lang währen mag.

Jemand wurde gefragt, warum er nicht sehr nach Gütern trachte? Der antwortete: In großen Häusern stecken große Sorgen; und wer Sorgen habe, der habe nicht, was er hab'.

Derselbe strafte einen. Als dieser sich damit beschönigen wollte, daß vornehme Leute seinen Fehler auch an sich hätten, antwortete er ihm: Ihren Lastern folgst du, aber nicht ihren Tugenden..

Ein Bürgermeister wurde gefragt: wie er eine so große Menge Bürger so friedlich regieren und in der Zucht halten könne. Der antwortete: Mit guten Worten und harten Strafen.

In Erwähnung des reichen Mannes Luk. 16 sagte ein feiner Kopf: Gleichwie das überzuckerte Gift wohl mundet, aber hernach übel schlundet, also auch das zeitliche Wohlleben, ob es schon wohl leibet, seelet es doch übel.

Als derselbe an einem Ort zur Kost ging, und der Jung', der vor dem Tisch betete, den bösen Brauch an sich hatte, unter dem Beten zu lachen, wenn man ihn nicht zuvor puffte oder sonst unlustig machte, sagte er: So sind wir Menschen alle beschaffen; wenn uns Gott der Herr nicht allzeit auf die Finger klopfet, so ist uns das Beten kein rechter Ernst.

Von einem, der das Seinige vergeudet, sagte ein witziger Kopf: Er hat einen hitzigen Magen; er kann damit steinerne Häuser verdauen.

Derselbe: Ein melancholischer Kopf ist des Teufels Topf, darin er viel Böses koche.

Einer, der stark und langleibig war, wurde von einem vexiert: Er hätte einen guten Drescher gegeben. Den ergriff er, mit den Worten: Jawohl; da hätte ich den Flegel schon bei der Hand.

Ein witziger Mann pflegte zu sagen, wenn ihm einer in die Rede fiel: Zwei können wohl miteinander singen, aber nicht zugleich reden.

Einer wurde gefragt: Was für ein Tier dem Wolf am ähnlichsten wäre? Der antwortete: Die Wölfin.

Ein anderer: wann die kleinen Krebse am besten wären? Antwort: Wenn man die großen nicht haben kann.

Ein anderer: Welches der längste Tag im Jahr wäre? Antwort: Der die kürzeste Nacht hat.

Es wurde einer gefragt: Wie viele Tag von Adam her wären? Der antwortete: Nur sieben; wenn diese aufhören, fangen wieder sieben andere an.

Pritschen-Peter, der Hofnarr, hatte einen, der vor seinem Haus vorüber ging, mit Wasser begossen. Der schalt sehr und schrie: Was Teufels hast du da droben herab zu schütten? Darauf antwortete Peter geschwind: Sollte ich's denn drunten herauf schütten? Dessen mußte der Beschüttete selbst lachen.

Ein Advokat ging vorüber. Einer fragte Petern: wer dieser wäre? Dem antwortete er: Er ist auch derjenigen einer, der sich mit anderer Leute Thorheit bereichert.

Zu dem Pritschen-Peter sagte einmal sein Herr im Zorn: Peter, du mußt mir den Hof räumen. Er antwortete geschwind: Ich bin's zufrieden; aber laßt mich bei der Silberkammer anfangen.

Zu dem nämlichen sagte einer: Ich wollt', daß du ein ganzer Narr wärest, oder gar keiner, so könnte man mit dir besser zurecht kommen. Dem antwortete er: Leih mir deinen Witz zu dem meinen, so bin ich ein ganzer Narr.

Ein anderer Hofnarr wurde gefragt: warum er doch ein Narr wäre? Der antwortet: Darum, daß ich rede, was mir einfällt.

Ein Hofnarr begegnete einmal auf dem Weg einem Boten mit einem Botenspieß. Der fragte ihn, ob er die Stadt wohl erreichen werde? Dem antwortete er: Mit diesem Spieß nicht. Der andere fragte wieder: Er meine, ob er noch in die Stadt kommen könne? Dieser antwortete: Warum nicht? es ist ja, als ich erst herausgegangen, ein Heuwagen hinein gegangen. Der andere: ob er noch vor Nacht in die Stadt kommen könne? Dieser: Das wisse er nicht. Der andere ging darauf zornig fort. Da ruft ihm dieser nach: Wenn er so fort gehe, so sei er in einer Stund' in der Stadt.

Traue nicht! Dies Wörtlein thut dir in der Welt und unter Menschen mehr Dienste, als ein ganzes Buch voll kluger Sprüche.

Traue nicht dem Glücke; denn wen das Glück verderben will, den zärtelt es wie eine Mutter.

Traue nicht der Zukunft; besser ein Vogel in der Hand, als zehn über Land.

Traue nicht der Gunst der Mächtigen; denn Herrengunst und Lerchensang singet wohl und währt nicht lang.

Traue nicht den Versprechungen; denn Reden und Halten ist zweierlei; und schöne Worte füllen den Sack nicht.

Traue nicht schönen Worten und Schmeicheleien; hüte dich vor dem Schleicher, der Rauscher thut dir nichts.

Traue nicht dem Scheine; nicht den lachenden Wirten und den weinenden Bettlern.

Traue nicht; weder versöhnter Feindschaft, noch geflickter Freundschaft.

Traue dir selbst nicht, noch den Urteilen deines Herzens; denn in seiner eignen Sache ist niemand gescheit genug; und man muß andere Leute mit der Krämerelle messen, nicht mit der Hauselle.

Nur Einem trau', und dem in allem, das ist, Gott. Sprich mit dem Dichter:

> Die Welt ist falsch; du bist mein Freund,
> Der's treulich und von Herzen meint,
> Der Menschen Gunst steht nur im Mund,
> Du aber liebst von Herzensgrund.

Ein armer Bürger, mit Kindern beladen, wurde gefragt, wie es in seinem Haus stünde? Der gab seine Armut durch diese höfliche Antwort verblümter Weise zu verstehen: Es gehe zu, wie im Himmel. Gefragt, wie so? antwortete er: Im Himmel isset und trinket man nicht.

Eine Frau sagte: Wer keine Kinder hat, der weiß nicht, wie wohl er lebt. Das hörte ein andres Weib und sagte: Wer Kinder hat, der weiß erst, daß er lebt.

Von der Macht der ehelichen Liebe hat ein alter Dichter diese schönen Reime:

> Ihre Lieb' ist immer frisch
> Und verjüngt sich fort und fort.
> Liebe zieret ihren Tisch
> Und verzuckert alle Wort'.
> Liebe giebt dem Herzen Rast
> In der Müh' und Sorgenlast.
> Geht's nicht allzeit, wie es soll;
> Ist doch diese Liebe still,
> Hält sich in dem Kreuze wohl,
> Denkt, es sei des Herren Will',
> Und versichert sich mit Freud'
> Einer künftig bessern Zeit.

Die Sprichwörter sind beredte Zeugen Gottes.

Sie predigen erstens Gottes Güte: Gott hilft dem Fleiß – Wenn Gott einen strafen will, so thut er ihm die Augen zu – Gott begegnet dir überall, wenn du ihn grüßen möchtest – Des Menschen Barmherzigkeit geht über seinen Nächsten, Gottes Barmherzigkeit über alle Welt.

Sie predigen zweitens Gottes Allmacht: Das ganze schöne Gewölb Gottes steht fest, und hat doch keine Pfeiler – Wider Gott hilft keine Macht – Wo Gott vorangeht, da mag ihm kein Riegel im Wege stehen – Gott läßt sich seine Uhr von keinem Menschen stellen – Gott ist der rechte Kriegsmann – Der Sieg ist Gottes.

Sie predigen drittens die Weisheit und Allwissenheit Gottes: Gottes Zeiger geht langsam aber richtig – Gottes Rat schläft nicht – Gottes Rechnung fehlt nicht – Bei Gott ist Rat und That – Eh' man ein Wörtlein spricht, weiß Gott, was uns gebricht – Kein Ort ohne Ohr, kein Winkel ohne Aug', keine Nacht ohne Licht, kein Wald ohne Zeugen.

Wir lesen von S. Martin, da er einmal aus Paris gegangen ist mit etlichen Priestern, da begegnet ihm ein Wagen mit Wein schwer geladen, und der Fuhrmann war nie zu Paris gewesen und wußte nicht, wie nahe oder fern es war und fragt sie: Liebe Herren, mag ich noch gen Paris kommen? Denn es war gegen Abend. S. Martin sagt: Fährest du langsam, so kommst du wohl hin, eilest du, so kommst du auf die Nacht nicht hin. Der Fuhrmann ward zornig, trieb die Rosse, wollte eilen und sprach: Ich meine, die Pfaffen sind voll Weins, sollt' ich nicht eher hinkommen, wenn ich tapfer, als wenn ich langsam fahre? Und wie er also eilete, brach ihm ein Rad, daß er ein ander Rad holen mußte, und kam den Tag nicht gen Paris. Da sah er, daß man ihm wahr gesagt hatte.

Vor allem laß Gott mit dir haushalten. – Sei wachsam; ein rechter Hausvater ist der erste auf, und der letzte nieder. – Sei sparsam; zur Haushaltung gehören vier Pfennige: ein Notpfennig, ein Zehrpfennig, ein Ehrenpfennig, und ein Wehrpfennig. – Sei arbeitsam; wie du's treibst, so geht's. – Bezahle richtig; wer seine Schulden bezahlt, legt ein Kapital an. – Achte den Dienstboten; ein treuer Diener ist ein verborgner Schatz im Hause. – Sei wachsam; wer nicht über seine Arbeiter wacht, der läßt ihnen seinen Beutel offen. – Thu's selber, wenn du kannst; Befehlen thut's nicht, selbst angegriffen thut's. – Thu eines, und das ganz: Baust du ein Haus, so mach's vollends aus. – Thu's mit Eifer: Gewinn will Füße haben. – Thu's geschickt: Vorteil macht bald Feierabend. – Thu's mit Ausdauer: Was ein Streich nicht kann, das thun zwei. – Halte deine Leute an: Besser ein fauler Dieb, als ein fauler Knecht. – Laß sie feiern zur rechten Zeit: Ruh' ist der Arbeit Taglohn. – Verlang nicht zu viel von ihnen: Willige Rosse soll man nicht übertreiben.

Ein Geistlicher predigte am Pfingsttage: Petrus hat mit einer Predigt etliche Tausend bekehrt; aber heutigestags kann man mit etlichen tausend Predigten kaum einen Menschen zur Besserung bringen.

Ein Geistlicher pflegte zu sagen: Die Alten hatten ein Gewissen ohne Wissen: wir heutzutag haben das Wissen ohne das Gewissen.

Ein Geistlicher, wann er ein Ehepaar einsegnete, gab ihnen allzeit diese Lehr: Daß der Mann das Weib wolle freundlich vermahnen, wenig strafen, nimmer schlagen; das Weib solle von dem Manne viel hören, wenig sagen, niemanden viel klagen.

Die Bauern in einigen Dörfern waren lange Zeit mit ihrem Grafen uneins gewesen, und hatten sich darüber in große Schuldenlast gesteckt, so daß jedermann gleichsam mit Händen greifen mußte, daß ihnen aller Segen entginge. Als nun ihr Amtmann, ein braver und gescheiter Herr, eines Tages dazu kam, wie ihrer etliche bei einer Zeche darüber stritten, was dem Bauersmann am meisten eintrage? wobei einige meinten, die Äcker, andere die Weingärten, wiederum andere die Wiesen &c., so sagte er: Das wolle er ihnen mit drei Worten sagen. Als sie es nun zu wissen begehrten, sagte er ihnen: Eintracht trägt ein.

Ein Graf fragte einen seiner widerspenstigen Bauern: Warum bist du so rebellisch? Der antwortet: Gnädiger Herr, darum weil Euer Vogt so tyrannisch ist. – Merk: wenn man Unrecht mit Unrecht abtreibt, so ist und bleibt das Facit: Unrecht. Zweitens: Das Maul aufthun und Laut geben darf man wohl, aber nur nicht knurren und beißen.

Sei sparsam im kleinen: Wer keinen Pfennig achtet, wird keines Gulden Herr. – Sei sparsam in allem: Am Zapfen sparen, und zum Spundloch hinaus lassen, sparet nicht. – Lob nicht vor dem Ende: Das Ende bewährt alle Dinge. – Ergreif die Gelegenheit: Wenn das Eisen glüht, soll man's schmieden. – Benutze die rechte Gelegenheit:

Zu seiner Zeit gilt ein Trunk Wasser ein Glas Wein, ein Heller einen Gulden. – Lerne warten: Zeit bringt Rosen. – Komm zuvor: Wenn die Kuh aus dem Stall ist, so macht man umsonst die Thür zu. – Was vorbei ist, laß vorbei sein: Geschehene Dinge leiden keinen Rat. – Fang zu rechter Zeit an: Man muß den Vögeln richten, wenn sie im Strich sind. – Zögere mit Geben nicht: Wer geschwind giebt, giebt doppelt. Wer mit der Gabe zaudert, hat den Dank schon eingenommen..– Überleg alles langsam, thu's desto geschwinder: Sei ein Schneck im Raten, ein Vogel in Thaten. – Denk vor der That an ihre Folgen: Selbst eingebrockt, selbst aufgegessen. – Versuche nichts, was über deine Kräfte ist: Es soll keiner fliegen, es seien ihm denn die Federn gewachsen.

Ein freigebiger und frommer Mann sagt: Den Leuten giebt man mit Geben, Gott mit Nehmen und mit Danken.

Ein sorgfältiger und gottesfürchtiger Hausvater pflegte zu sagen: Des Abends zieh ich mit den Kleidern meine Sorge ab, und schlafe ruhig; des andern Morgens aber ziehe ich sie mit den Kleidern wieder an.

Wider die unnütze Sorge der Weltkinder, die doch sich selbst, wenn sie es am klügsten angreifen wollen, weder raten noch helfen können, pflegte ein anderer zu sagen:

> Sorg', aber sorge nicht zu viel,
> Es geht doch alles, wie Gott will.

Ein frommer Mann ging vor einem Lustgarten vorbei; da sprach er: Paradieses genug, wenn nur die Sünde nicht wäre. – Denk du von den Lustbarkeiten großer Herren und großer Städte auch so und leb' du mit dem Deinen zufrieden.

Ein vornehmer Herr fragte einen sehr alten Bauern: wie er's gemacht hätte, daß er so alt geworden wäre? Der Bauer antwortete: Euer Gnaden, ich habe getrunken, wann mich gedürstet, und habe nie gegessen, als wann es mich gehungert hat.

Die Sprichwörter sind auch gute Ärzte; sie sagen z. B.: Drei Dinge sind gesund: Wenig esse dein Mund, übe dich alle Stund', lauf nicht wie ein Hund. – Kurze Abendmahlzeit macht lange Lebenszeit. –

Wenn der Wein zu wild ist, so schlag' ihn mit der Wasserstange. – Ein mäßig Frühstück, gut Gewürz zum Abendessen u. a. m.

Ein Hofnarr des Kurfürsten von Sachsen, Klaus genannt, erhielt einmal ein schön gemaltes Osterei zum Geschenke. Das lobte er und sprach: Was schön ist soll man loben; aber was gut und recht ist, soll man noch mehr loben.

Ein Bauer wollte einer Kotlache ausweichen, schlüpfte am Rand aus und fiel mitten hinein. Da sagte Klaus: Dir ist eben recht geschehen; wärest du mitten hindurch gegangen, so wärest du heraus an den Rand gefallen.

Ein Verschwender praßte täglich; zu dem sprach Klaus: Er sollte ihm doch einen Gulden schenken. Der gute Gesell fragt: Warum so viel, Klaus? und was willst du damit machen? Klaus antwortet: Ich will ihn aufheben und sparen, wenn du das Deine ganz verthan hast, daß ich dir ihn wieder schenke.

Ein Hofdiener bat einen Bauern, daß er ihm volle 100 Gulden leihe. Zu diesem Bauern sagte Klaus: Ich rate dir's nicht; denn wenn du es willst wieder haben, so mußt du ihn so sehr und noch mehr drum bitten, daß er dich zahle, als er dich bat, da du ihm liehest.

Einer beklagte sich, daß die Armen immer vor seiner Thür sitzen. Zu dem sagte Klaus: Es soll dir lieber sein, daß diese Leute vor deiner Thür sitzen, als daß du vor ihrer Thür sitzest.

Zwei stritten miteinander, wie weit es in die nächste Stadt wäre; der eine sagte zwei Meilen, der andere drei Meilen. Da sagte Klaus Narr: Lauf du den Weg für zwei Meilen, und du lauf ihn für drei Meilen; so hat einer nicht um einen Schritt weiter, als der andere.

Von einem Reiter, der gar übermäßig große Stiefel anhatte, sagte Klaus: Sehet, da kommen zwei Stiefel voll Reiter.

Beherrsche deine Zunge: Es soll einer neunmal ein Wort im Mund umkehren, eh' er's aussagt. – Sei verschwiegen: Was einem zu eng, das ist dreien zu weit. – Gieb gute Worte: Was schadet ein gutes Wort? darf man's doch nicht kaufen. – Sei langsam im Raten: Schneller Rat viel Reuen hat. – Sei kein Großsprecher: Große Worte und nichts dahinter. – Lästere nicht: Einem ungewaschenen Maul ist Unglück zum Ziel gesteckt. – Achte nicht das Geschrei ohne

That: Hunde, die viel bellen, beißen wenig. – Achte nicht das leere Geschwätz: Es gehen viele Reden in einem Wollsack. – Laß die Leute reden: der müßte viel Mehl haben, der alle Mäuler verkleben wollte. – Tadle an andern nicht, was man an dir selber tadeln könnte: Wer Glasfenster hat, muß sich in acht nehmen, wenn er in seines Nachbars Haus Steine wirft. – Schone deinen guten Namen: Verlorne Ehr' kehrt nimmermehr. – Überleg alles zuvor: Vorsorge verhütet Nachsorge. – Prüfe zuvor: Man giebt keinem Heller um einen Topf, ehe man daran schlägt, wie er klinge. Sei bedächtlich in allem:

> Sag nicht alles, was du weißt,
> Glaub' nicht alles, was du hörest,
> Thu' nicht alles, was du kannst.

Ein Mann, der zornig über seine Frau war, ging etliche Tage im Haus herum, ohne ein Wort zu sprechen. Die Frau zündet endlich ein Licht an, durchleuchtet und durchsucht das Haus auf und ab, unter und über den Bänken. Endlich fragt sie der Mann, was sie so ernstlich suchen thät'. Dem antwortet sie: Deine Zunge; ich bin froh, daß ich sie wieder gefunden hab'.

Ein frommer Mann war in eine schwere Krankheit gefallen. Einer seiner Freunde sagte zu ihm: Ihr habt einen großen Berg zu steigen. Dieser antwortete: Unser Herrgott wird auch darüber helfen.

Ein anderer sagte vom Tode: Das Elend sterbe nur, nicht der Mensch.

Ein Soldat, als er tödlich verwundet und wegen herbeinahenden Todes nicht mehr beten konnte, wiederholte nur diese kurzen Worte: Herr, ich hab' dir's zuvor gesagt.

Als eine fromme Frau gefragt wurde, was sie für das Beste auf dieser Welt hielte, sprach sie: Einen seligen Abschied.

Ein gottesfürchtiger Mann hatte vor seinem Ende neben andern diese tröstlichen Worte hören lassen: Herr Jesu, ich bin dieses Lebens satt, des Todes gewiß und des ewigen Lebens begierig.

Gen Ingelheim, zwei Meilen von Mainz, kam ein Kaufmann und wollte zur Messe nach Frankfurt und begehrte Herberge bei einem Wirt. Der Wirt sagte ihm Herberge zu, und als sie sich nun zum Essen an den Tisch gesetzt hatten, nahm der Kaufmann einen großen Mantelsack, den er bei sich hatte, und legte ihn neben sich auf die Bank. Da gedachte der Wirt: Halt, ich will dich recht lehren. Da man nun gegessen hatte und der Wirt das Geld von den Gästen einnahm, da sprach der Wirt: Wer bezahlet für den? und zeigte auf den Mantelsack. Der Kaufmann sprach: Hat er doch nichts gegessen. Da sagte der Wirt: Daran liegt mir nichts, er hat doch den Platz inne gehabt, da wohl ein anderer möchte gegessen haben. Kurzum der Gast sang süß oder sauer, er mußte den Platz für den Mantelsack bezahlen. Da nun der Kaufmann wieder kam von der Frankfurter Messe, kehrt' er wieder in die alte Herberge ein. Da hatte nun der Kaufmann das Geld ausgegeben und war der Mantelsack leer; den legt' er wieder an seine alte Stelle hinter den Tisch. Während man nun aß und trank, nahm der Kaufmann die allerbesten Stücke Gebratenes, die auf dem Tische waren und stieß sie alle in den Mantelsack. Der Wirt sagte: Was soll das sein? Da sprach der Kaufmann: Soll er hier bezahlen, so ist es billig, daß er auch esse und trinke für sein Geld. Da ward der Wirt bezahlet.

Es kam ein guter Gesell in ein Wirtshaus. Und auf den Tisch, da viele Herren saßen, brachte man unter andern ein köstlich Gericht Fische, und wurden die kleinsten und unachtbarsten Fische für den Gesellen hingelegt. Da nahm er der kleinsten Fische einen und that, als ob er etwas mit ihm redete, und hielt ihn an das rechte Ohr, als wollt' er hören, was der Fisch ihm sage. Die Herren sahen ihn an und lachten und einer unter ihnen sprach: Lieber Freund! was meinet ihr mit dem Fische, daß ihr ihn also zu den Ohren haltet? Der gute Gesell stellte sich, als ob er's nicht gern sagte, und sprach: Liebe Herren, ich habe etwas mit ihm zu reden gehabt, lasset euch das nicht irren. Die Herren baten ihn, er sollt's doch sagen. Er sagt: Liebe Herren, mein Vater ist mir vor etlichen Jahren nicht weit von hier ertrunken, da habe ich den Fisch gefragt, ob er ihn nicht gesehen hätte, aber er giebt mir zur Antwort, er sei noch zu jung, ich solle seine Eltern fragen, die würden mir Bescheid geben können. Da lachten die Herren und legten zwei größere Fische auf seinen Teller, denn sie merkten wohl, was seine Meinung sei, und schenkten ihm das Mahl und ließen ihn laufen.

Einer vexierte ein Weib, daß sie schön wäre. Darob wurde sie schamrot. Da sagte jener: Sie sollte sich ihr lebenlang schämen, so würde sie allzeit schön bleiben.

Einem jungen Menschen lehrte ein verständiger Mann, daß er sich zu ehrlichen Leuten gesellen solle; denn, sprach er, stehest oder gehest du mit wackern Leuten, und ehrt man diese auf der Gasse, so gilt es dir halb mit: und ist dieselbe Ehre halb dein.

Als einer in einer Stadt viele Bierwische oder Bierhäuser sah, sagte er: Dies sind Irrwische, die verführen die Leute am hellen Mittag und lassen sie vor Mitternacht nicht wieder heimkommen.

Jemand wollte einem, der ihn ansprach, nichts leihen und sagte: Wenn du mein Feind wärest, wollt' ich dir wohl leihen; dann macht' ich dich damit zum Freund'; weil du aber mein Freund bist, mag ich dich nicht zum Feind' machen. – Merk: Wer nicht aushelfen will, findet immer etwas, womit er sich ausreden kann.

Es wollte einer Wein kaufen; der fragte den Weinbauern, wie viel er Wasser hineingeschüttet hätte; er dürfte sich nicht scheuen, es zu sagen; er wollte ihm den Wein doch gern zahlen, weil er ohnedas für seine Kostgänger Wasser hinein thun müßte. Der Bauer bekennt es. Der Kauf wurde gemacht. Hernach als der Wein daheim war, zieht der Käufer das Wasser ab, und zahlet ihm nur den Wein, sagend: Ich hab' gesagt, ich wolle dir den Wein bezahlen, nicht das Wasser.

Ein Schalksnarr ging einmal auf dem Feld und säete Steine. Als er gefragt wurde, was er mache, sagt er: Ich säe Stein'. Dem antwortete ein anderer: Er sollte vielmehr kluge Leut' säen. Der andere antwortete hinwieder: Das Land trägt's nicht.

Von denjenigen, welche sich ein langes Leben träumen ließen, da sie doch ihr vollkommen Alter erreicht hatten, pflegte ein witziger Mann zu sagen: Es ist wohl auch schon geschehen, daß einer, der die höchste Staffel der Stiege erreicht hat, nicht wieder hinab gegangen, sondern gefallen ist.

Ein anderer hatte folgendes schöne nachdenkliche Sprüchlein: Vier der besten Mütter gebären vier der bösesten Töchter: die Wahrheit gebieret Haß, die Glückseligkeit Hochmut, die Sicherheit Gefährlichkeit und die Gemeinschaft Verachtung.

Als in einem Marktflecken zwei vor dem Richter rechteten, und jeder (wie zu geschehen pflegt) dafür hielt, er hätte recht, so fragte der Richter einen dritten, der dabei stand: wem er glaube, daß das

Recht unter diesen beiden Beifall geben würde? Der, ein witziger Kopf, antwortete: Herr Richter, welcher die Sache gewinnt, der muß recht haben.

Einer wurde gefragt, welches das beste Wasser wäre. Der antwortete: Das Regenwasser, das von der Sonne durch ein Rebholz destilliert werde.

Ein anderer wurde gefragt: Was den Unterschied mache zwischen einem Weisen und einem Narren. Der antwortete: Ein Paar Kannen Wein.

Christliche Liebe sieht Undankbarkeit nicht an. – Sollen die Werke gut sein, so muß zuvor der Mann gut und fromm sein, der sie thut; denn wo nichts Gutes drinnen ist, kommt nichts Gutes heraus. – Fleißig gebetet und Gottes Segen gesucht, ist halb geschafft. – Der Mund betet nicht, sondern ist nur des betenden Herzens Dolmetsch.

Fleiß ist keine Mühe; aber Aufschub und Unfleiß ist zweifache Mühe. – Ein gesparter Pfennig ist besser, als hundert verzehrte Gulden. – Gemachte Röte und erzwungene Liebe währt nicht lang. – Es ist gefährlich, die Wahrheit zu verschweigen; noch gefährlicher, die Wahrheit zu sagen; am allergefährlichsten, die Lüge für Wahrheit zu verkaufen. – Die nicht Willens sind zu bezahlen, die dingen auch nicht. Briefe und Verschreibungen sind gut; aber das haben, was so verschrieben, das ist, das da gilt. – Der muß viel anfangen, der bald will reich werden; der noch viel mehr, der bald will verderben. – In einer Haushaltung ist es sehr übel bestellt, in welcher mehr Leute sind, die da essen, als Hände, die da arbeiten.

Ein Edelmann kam einmal vor einen Tuchladen und verlangte vom Kaufmann, er sollte ihm das beste Tuch zeigen. Als nun sein Schneider, so mit ihm ging, das Tuch besah, gefiel es ihm wohl. Der Kaufmann bot die Elle um zehn Schillinge. Der Schneider winkte dem Edelmann auf einen Ort und sagte: Junker, nehmt's nicht, es ist viel Gelds. Da antwortete der Edelmann dem Schneider: Lieber Meister, die Farbe gefällt mir wohl, auch sagst du, das Tuch sei sonst gut; ich will dir sagen, wo es steckt: es ist mir nicht zu teuer, denn ich bin nicht Willens, ihm einen Heller dafür zu geben. Da der Schneider des Junkers Vorhaben hörte, sprach er: So nehmet mir gleich auch zu einem Paar Hosen, so gehet es in einem hin.

Lerne leiden: Man muß aus der Not eine Tugend machen. – Gieb klein aus, um groß herein zu bringen: Es ist ein guter Pfennig, der einen Gulden erspart. – Ertrag einen kleinen Verlust, um einem großen zu entkommen: Besser ein Schädlein, als ein Schaden. – Werde durch fremden Schaden klug: Es ist gut, den Schnitt an fremdem Tuche lernen. – Bereite dich in guten Tagen auf schlimme: Bei schönem Wetter muß man den Mantel mitnehmen. – Faß dich in den Tagen der Not: Laß dir kein Unglück über die Knie gehen. – Hüte dich vor allem, wo's eng hergeht: Wer seinen Finger zwischen Angel und Thür steckt, der klemmt sich gern. – Meide Gesellen, die gern zanken: Wer sich zwischen Stroh und Feuer legt, der brennt sich gern. – Halt's gut mit guten Nachbarn: Mit den Nachbarn hebt man Zäune und Scheunen auf. – Sei vorsichtig im Geldausleihen: Geliehenes Geld wird Blei, wenn man's wieder fordert. – Sei vorsichtig im Kauf: Wer einkauft, hat hundert Augen nötig, wer verkauft, hat an einem genug. – Sei vorsichtig im Briefschreiben: Geschrieben ist geschrieben; keine Krähe kratzt's aus. – Wisse nicht alles, was du liesest (in schlechten Büchern nämlich). –

Über den Neid hat man, nebst andern, diesen Reim:

> Wenn der Neid brennte, wie Feuer,
> So wär' das Holz lang nicht so teuer.

Wenn man mit armer Leute Schweiß bauet, und mit Witwen und Waisenzähren tüncht, so leidet das Haus den Bauherrn und den Erben nicht lang.

Ein Geistlicher, ein feiner Kopf, sagte zu einem, der sich seiner frommen Voreltern sehr rühmte: Ich glaube, deine Kerne werden auch nicht ohne Spreu gewachsen sein.

Zu denjenigen, die da sagten: sie verfolgten ihren Nächsten nicht aus Haß, sondern nur zur Abtreibung, daß er ihnen nichts Böses thue, pflegte er zu sagen: Aber wenn die Weine werden abgelassen, laufen gemeiniglich Hefen mit unter.

Von denjenigen, die allerlei Ausflüchte suchten, ihre verbotenen Kontrakte zu entschuldigen, sagte er: Das Wasser werde so lang durch die Asche geseihet und durchgegossen, bis gar Lauge draus wird.

Wider die, welche gesagt, man müsse nach Forderung der Zeit leben, sagte er: Jeglicher Zeit ihr Recht, macht manchen armen Knecht.

Von den Entheiligern des Sabbaths pflegte er zu sagen: Sie geben vor, sie haben Feiertag, so haben sie Fülltag; sie halten den Sabbathtag, so halten sie den Sauftag.

Als einer ein Buch sehr lobte, von Bewahrung und Pflegung der Gesundheit, sagte er: Die beste Gesundheitsregel wäre diese, die der höchste Arzt selber ausgesprochen: Im Schweiß deines Angesichts sollst du dein Brot essen.

Wider die Kleinmütigen und Verzagten sagte er: Wer alle Hecken scheuen wolle, der werde nimmer zu einem Wald kommen.

Einer entschuldigte seine Übelthat also: Er hätte es nur einmal gethan; dem antwortete er: Es stecke kein Wirt einen Reif aus um eines einzigen Gastes willen.

Ein Wirt hatte einen Tisch voll Gäste bekommen. Als die Gäste sich gesetzt, kam er in die Stube, zählte die Gäste und sagte, daß sie es alle hören konnten: So viel Vögel denn! Die Gäste verließen sich darauf und aßen wenig von den Speisen, die aufgesetzt wurden. Zuletzt, als der Wirt abdecken wollte, fragten sie ihn: wo die Vögel geblieben? Der antwortete: Die hab' ich nicht: sondern ich dachte bei mir und sagte es darum: wenn ich jedem Gast einen Vogel sollte geben, so müßte ich so viel Vögel haben. – Ob die Gäste auf diese Rede gelacht oder geschimpft haben, das weiß ich nicht; aber vorlieb mußten sie nehmen.

Einer sagte zu einem: Ihr seid ein rechtes Konterfei eines Schalks. Darauf der andere antwortete: Und ihr das rechte Original. – Das war Korn um Salz, mit gleicher Münz, Hauptsumma und Zinsen bezahlt.

Einer klopfte an eines Bürgers Thür, und als der Hausherr ihm aufmachte, fragte er ihn, ob er der Herr vom Haus wäre? Der antwortete ihm: Wenn das älteste und das jüngste draus wären (meinte seine Frau und sein jüngstes Kind, das noch in der Wiege lag), so wäre er Herr vom Hause.

Ein guter Zechbruder war in ein hitziges Fieber gefallen, und hatte große Hitze und viel Durst; deswegen ratschlagten die Doktores, wie ihm der Durst zu löschen sei. Als er das hörte, sagte er: Helft mir nur von dem Fieber; den Durst will ich schon selbst löschen.

Zwei rühmten sich ihrer Klugheit in der Kaufmannschaft. Der eine sagte zum andern: Ich wollte dich wohl hundertmal auf dem Rücken verkaufen, ehe du mich einmal. Das glaub' ich wohl, sagte der andere; denn niemand ist, der nur einen Kreuzer um dich geben sollt' oder wollt'.

Einer bat einen, weil ein Ungewitter vorhanden, er sollte so lang bei ihm einkehren, bis das Wetter vorüber sei. Dieser ging aber fort. Über eine Weile, als das Gewitter recht kam, kehrte er wieder, klopfte an, und begehrte eingelassen zu werden, indem er sagte: Er habe seinen Vorsatz geändert. Worauf der andere: Und ich den meinen.

Es kam ein Hase zum Löwen und sprach: Herr ich bin zu Paris auf der hohen Schule gewesen und habe mein Vermögen verstudieret und bin ein gelehrter Gesell worden. Ich begehre, ihr wollet mir ein Dienstgeld, eine Pension, oder ein Wartegeld geben, daß ich Nahrung haben möge, denn ein König bedarf gelehrter Leute und besonders Juristen und Redner. Der Löwe sprach: Du sagest recht, ich will dich aber zuvor prüfen, ob du wohl gelehrt bist und was du studiert hast, darum komme mit mir in den Wald. Als sie nun durch den Wald gingen, da sahen sie einen Jäger, der hatte die Armbrust gespannt und wollt' entweder einen Fuchs oder einen Bären schießen, die er da bei einander sah. Der Fuchs lief und sprang hin und her und blieb nicht an einem Orte still stehen, der Bär aber gedacht' an seine Stärke und meint', er wolle den Jäger zerreißen, und sprang gegen ihn. Der Jäger drückte die Armbrust ab, und traf den Bären in das Herz, daß er gleich tot war. Da sprach der Löwe zum Hasen: Sage mir ein Sprüchlein darauf. Da sprach der Hase: Weisheit ist besser als Stärke.

Der Löwe lobte den Spruch und er gefiel ihm wohl. Darnach kamen sie in eine Stadt, da sahen sie einen Herrn, der hatte zwei Knechte; und was der Herr dem einen Knechte hieß, das that er alles, und was er dem andern Knechte hieß, das wollte dieser nicht thun, und fluchte auf den Herrn und gab ihm stolze Worte. Der

Herr ließ den Knecht übel schlagen und jagt' ihn von sich. Der Löwe sprach zum Hasen: Sage mir auch ein Sprüchlein hierauf. Der Hase sprach: Schweigen ist besser, denn übel antworten.

Der Löwe war mit dem Sprüchlein zufrieden. Zum dritten kamen sie in ein Dorf, da sahen sie, wie ein Bauer zwei Ochsen zusammenband unter das Joch und wollte zu Acker gehen, und legt' ihnen eine Bürde Heu auf den Kopf. Der eine Ochs trug das Heu mit Geduld, der andere Ochs murmelte wider den Bauern und sprach: Was soll uns so wenig Heu, es mag uns doch nicht ersättigen und uns die Bäuche füllen. Ich will sein nicht! Und warf's ihm hin. Da es nun Mittag worden war, und waren zu Acker gegangen, da aß der Bauer zu Mittag, und gab dem einen Ochsen sein Heu auch, daß er sich damit erquicke. Der andere Ochse hatte nichts, sich zu laben und zu stärken, und mußte ungefüttert im Pfluge ziehen bis Nacht, so daß er erlag und starb vor Hunger, Der Löwe sprach: Sag' mir ein Sprüchlein hievon. Der Hase sprach: *Etwas* haben ist besser als *nichts* haben.

Da sagte der Löwe zum Hasen: Du bist recht und wohl gelehrt, und hast deine Zeit nicht verloren, da nimm die Pension, du bist ihrer würdig. Und der Hase war gleich bei der Hand und machte folgenden Vers darauf:

> Wer auf Erden hoch will steigen,
> Mache Weisheit sich zu eigen.

Man spricht gemeiniglich, ein Sparer müsse einen Verzehrer haben. Nun war ein Bürger in einer Stadt, der hatte eine Kapelle in seinem Hofe, darin betete er oft und kniete auf ein Brett, darunter hatt' er einen Topf begraben und was er nur ersparen mochte, das that er in den Topf und betete, daß ihn Gott nicht eher wolle sterben lassen, er habe denn den Topf mit Gelde gefüllet. Das geschah auch. Da nun der Topf voll war, da starb er. Die Frau nahm einen andern Mann; dieser fand den Topf mit dem Gelde unter dem Brette und betete auf demselben Brette, daß ihn Gott nicht sterben lassen wolle, er hätte denn das Geld im Topfe alles verzehret. Das geschah gleichfalls.

Ein frommer Mann pflegte zu sagen: Die Hölle müsse viel saurer verdient werden, als der Himmel, und der Teufel habe viel mehr Märtyrer, als unser Herrgott.

Der Fromme hat freilich viel zu leiden in der Welt und noch mehr von der Welt; aber er weiß, auf wen er vertraut und was ihm vorbehalten ist. Ein Dichter sagt daher:

> Wer sich mit Gott verbindet,
> Den Satan flieht und haßt,
> Der wird verfolgt und findet
> Sein Teil von Not und Last
> Zu leiden und zu tragen,
> Gerät in Hohn und Spott,
> Verachtung, Kreuz und Plagen
> Die sind sein täglich Brot.
> Das ist mir nicht verborgen,
> Doch bin ich unverzagt;
> Gott will ich lassen sorgen,
> Dem ich mich zugesagt.
> Es koste Leib und Leben
> Und alles was ich hab':
> An Gott will ich fest kleben,
> Und nimmer lassen ab.

Als einmal die Rede entstund, warum es den Christen auf dieser Welt immerzu so übel gehe, sagte ein frommer Mann: Darum, wenn es ihnen wohl geht, verlieren sie den Namen mitsamt dem Eifer.

Ein frommes Sprichwort sagt: Das Kreuz wohl gefaßt, ist halb getragen.

Über diese christliche Geduld findet man bei einem alten frommen Dichter folgende Reime:

Geduld ist wohl zufrieden
Mit Gottes weisem Rat,
Läßt sich nicht leicht ermüden
Durch Aufschub seiner Gnad';
Hält frisch und fröhlich aus,
Läßt sich getrost beschweren,
Und denkt, wer will's ihm wehren:
Ist er doch Herr im Haus.
Geduld thut Gottes Willen,
Erfüllet sein Gebot,
Und weiß sich fein zu stillen
Bei aller Feinde Spott.
Es lache, wem's beliebt,
Wird sie doch nicht zu Schanden:
Es ist bei ihr vorhanden
Ein Herz, das nichts drauf giebt.
Geduld ist mein Verlangen,
Und meines Herzens Lust,
Nach der ich oft gegangen,
Das ist dir wohl bewußt.
Herr, voller Gnad' und Huld!
Ach gieb mir, und gewähre,
Nur Eins, was ich begehre,
Das große Gut: *Geduld*.

Über den Autor

Aurbacher wurde am 26.08.1784 in Türkheim/Schwaben geboren. Sein Vater war Nagelschmied. Aurbacher besuchte die Schule in Landsberg und war seit 1793 Chorknabe in Dießen/Ammersee. Von 1795-1796 besuchte er das Benediktinerseminar in München und wechselte 1797 zum Stift Ottobeuren. 1803 trat er wegen seiner zerrütteten Gesundheit aus dem Orden aus. Von 1804-1808 war er Hofmeister beim Stiftkanzler von Weckbecker in Ottobeuren. Von 1809-1832 war er Professor für deutschen Stil und Ästhetik am Kadettenkorps in München. Aurbacher starb am 25.05.1847 in München.

Über tredition

Eigenes Buch veröffentlichen

tredition wurde 2006 in Hamburg gegründet und hat seither mehrere tausend Buchtitel veröffentlicht. Autoren veröffentlichen in wenigen leichten Schritten gedruckte Bücher, e-Books und audio-Books. tredition hat das Ziel, die beste und fairste Veröffentlichungsmöglichkeit für Autoren zu bieten.

tredition wurde mit der Erkenntnis gegründet, dass nur etwa jedes 200. bei Verlagen eingereichte Manuskript veröffentlicht wird. Dabei hat jedes Buch seinen Markt, also seine Leser. tredition sorgt dafür, dass für jedes Buch die Leserschaft auch erreicht wird.

Im einzigartigen Literatur-Netzwerk von tredition bieten zahlreiche Literatur-Partner (das sind Lektoren, Übersetzer, Hörbuchsprecher und Illustratoren) ihre Dienstleistung an, um Manuskripte zu verbessern oder die Vielfalt zu erhöhen. Autoren vereinbaren direkt mit den Literatur-Partnern die Konditionen ihrer Zusammenarbeit und partizipieren gemeinsam am Erfolg des Buches.

Das gesamte Verlagsprogramm von tredition ist bei allen stationären Buchhandlungen und Online-Buchhändlern wie z. B. Amazon erhältlich. e-Books stehen bei den führenden Online-Portalen (z. B. iBookstore von Apple oder Kindle von Amazon) zum Verkauf.

Einfach leicht ein Buch veröffentlichen: **www.tredition.de**

Eigene Buchreihe oder eigenen Verlag gründen

Seit 2009 bietet tredition sein Verlagskonzept auch als sogenanntes "White-Label" an. Das bedeutet, dass andere Unternehmen, Institutionen und Personen risikofrei und unkompliziert selbst zum Herausgeber von Büchern und Buchreihen unter eigener Marke werden können. tredition übernimmt dabei das komplette Herstellungs- und Distributionsrisiko.

Zahlreiche Zeitschriften-, Zeitungs- und Buchverlage, Universitäten, Forschungseinrichtungen u.v.m. nutzen diese Dienstleistung von tredition, um unter eigener Marke ohne Risiko Bücher zu verlegen.

Alle Informationen im Internet: **www.tredition.de/fuer-verlage**

tredition wurde mit mehreren Innovationspreisen ausgezeichnet, u. a. mit dem Webfuture Award und dem Innovationspreis der Buch Digitale.

tredition ist Mitglied im Börsenverein des Deutschen Buchhandels.

Dieses Werk elektronisch lesen

Dieses Werk ist Teil der Gutenberg-DE Edition DVD. Diese enthält das komplette Archiv des Projekt Gutenberg-DE. Die DVD ist im Internet erhältlich auf **http://gutenbergshop.abc.de**

MIX

Papier | Fördert
gute Waldnutzung

FSC® C083411

Zeitfracht Medien GmbH
Ferdinand-Jühlke-Straße 7
99095 Erfurt, Deutschland
produktsicherheit@kolibri360.de